rororo

GUILLAUME GALLIENNE

MAMAN UND ICH

Aus dem Französischen
von Karolina Fell

Rowohlt
Taschenbuch Verlag

Die Originalausgabe erschien 2009 unter dem Titel
«Les garçons et Guillaume, à table!»
bei Éditions Les Solitaires Intempestifs, Besançon.

Deutsche Erstausgabe
Veröffentlicht im Rowohlt Taschenbuch Verlag,
Reinbek bei Hamburg, Juni 2014

Umschlaggestaltung any.way, Cathrin Günther
(Foto/Artwork: © Concorde Filmverleih 2014)
Satz aus der Foundry Wilson bei
Pinkuin Satz und Datentechnik, Berlin
Druck und Bindung CPI books GmbH, Leck
Printed in Germany
ISBN 978 3 499 26905 9

Maman und ich

Für meine Frau Amandine
Für meinen Sohn Tado

Für meine Mutter Mélitta,
meine Großmutter Lyla
und für alle Frauen,
die mich zum Träumen gebracht haben …

«**MAMAN!** Maman! Maman!»

«Ich habe leichte Kopfschmerzen.»

«Du auch? Ah!»

«Maman! Weißt du was? Ich habe meinen ersten Schwarm wiedergesehen, von früher, als ich klein war, du erinnerst dich doch noch an Anna?»

«Wie geht es ihm?»

«Hm, es geht ... ihr gut, glaube ich.»

«Maman! Ich finde es großartig, dass du Spanisch sprichst. ... Du bist so schön, wenn du spanisch sprichst, also, du bist immer schön, aber noch schöner bist du, wenn du spanisch sprichst, dann bist du sogar noch schöner als die Sekretärinnen von Papa.

Ich würde auch gern Spanisch sprechen, willst du mir nicht diesen Sommer einen Sprachkurs in Spanien schenken?»

Ach, Papa fährt mit meinen Brüdern zum Grand Canyon? Aber er hat sie doch schon im letzten Jahr zu einer Segeltour nach Australien mitgenommen und das Jahr davor zu Reiterferien nach Kenia ...

»Ja, ich weiß, dass mein Vater und meine Brüder sportlich sind und ich nicht.

Ja, ich weiß, dass ich seekrank werde und Angst vor Pferden habe, aber ...

Ja, nur dass sie immer etwas machen, bei dem ich nicht mitmachen kann.

Oh, wirklich? Du suchst mir etwas in Spanien? Etwas ganz Tolles?»

Tja! Um mir etwas ganz Tolles in Spanien zu suchen, hat sie sich so richtig verausgabt ...

Auf einmal finde ich mich nämlich in der hässlichsten Stadt von ganz Spanien wieder, in Línea de la Concepción! Sie besteht aus einer

Sozialbausiedlung gegenüber von Gibraltar, Stil Le Havre, nur noch grässlicher, falls das möglich ist, plus einer Atmosphäre wie ... Le Havre.

Ich komme also in meiner Schule an, «El Centro Internacional de Idiomas». Das internationale Sprachenzentrum, der absolute Lacher! Ein Büro von zwei Quadratmetern, in dem eine fette Matrone residiert, die mit einem total krassen andalusischen Akzent französisch spricht. Ich selbst kann zwei Wörter Spanisch: «casa» und «blanca», das ist alles.

«Zie haben viel Gluck, beil Zie in ouna familia gehén, qué es la ounica in die ganze Stadt, qué nicht nimmt la droga!»

«Pardon?»

«Zie bissen schon, la droga!»

«Ach ja? Sie nehmen keine ... Ach so, das ist ja ... Wie sagt man ‹Das ist großartig!› auf Spanisch?»

«Diremos: Es fenomenal!»

«Das ... es fenomenal!»

Ich komme also bei meiner Gastfamilie an, die in einem Hochhaus in der Sozialbausiedlung ganz oben wohnt. Und da stolpere ich über Paqui, die kein Wort Französisch spricht, mir aber trotzdem verständlich macht, dass ihre Söhne, die beiden Jugendlichen in meinem Alter, mit denen ich eigentlich meine Zeit hätte verbringen sollen, erst in drei Wochen zur Féria zurückkommen, weil sie zurzeit bei ihrer Großmutter in San Sebastián sind ... was bedeutet, dass ich mich auf ein einsames Tête-à-Tête mit Paqui einstellen muss.

Als Erstes hören wir uns von Anfang bis Ende die ganze Julio-Iglesias-CD an, die ich ihr mitgebracht habe.

Dann steht Paqui plötzlich auf und sagt: «Oiga, sabes bailar las Sévillanas?»

«Was?»

«Las Sévillanas, sabes, como el Flamenco, sabes bailarlas tu?»

«Nein.»

«Pues, sabes que en tres semanas más está la

feria, y si tu no sabes bailar las Sévillanas, puede ser la cosa más aburrida de tu vida, entonces, te voy a enseñar cómo se bailan, las Sevillanes, vale?»

Das bedeutet im Wesentlichen, dass in drei Wochen die Féria ist, und wenn du dabei keine Sévillanas tanzen kannst, langweilst du dich wie eine tote Ratte, also, wenn du willst, bringe ich dir die Tänze bei, einverstanden?

«Ja, einverstanden ... Vale!»

Und dann fackelt meine Paqui nicht lange und wechselt die CD.

«Haces come yo! Mira, así, haces un destaque con seis puntos, y después cuatros puntos, y una vuelta, asi. Y con las manos, cojes una mananza, la comes y la dejas! A ver!»

Algo se muere en el alma
Cuando un amigo se va
Cuando un amigo se va
Algo se muere en el alma
Cuando un amigo se va ...

«Muy bien!»

Ja, richtig geraten, in dem Lied geht es um große Gefühle, in etwa so:

Die Seele wird ein trister Ort
Wenn ein Freund geht von dir fort
Wenn ein Freund geht von dir fort
Die Seele wird ein trister Ort
Wenn ein Freund geht von dir fort ...

Und das acht Stunden täglich! Und wenn nicht bei ihr zu Hause, dann am Strand, zusammen mit ihren Freundinnen.

In einem großen Zelt, das mitten im Sand aufgeschlagen war – ganz hinten lief die Musik –, tanzten wir alle in unseren Badesachen bis zum Sonnenuntergang. Es war außerirdisch!

«Haces un punto, una vuelta, un destaque y pasas, y pasas otra vez ... Anda! María Dolores! Mueve un poco más el culo en la segunda! Mira come mueve bien sus manos ... Anda! Ana Rosa! Y la pierna en la tercera, qué bien! Y en la cuarta así la vuelta!»

Morgens, mittags und abends.

Bis zur Féria konnte ich die Sévillana beinahe genauso gut tanzen wie Paqui. Mit meiner ganzen spanischen Familie im Großaufgebot sind wir schließlich in ein Zelt gegangen, in dem die beste Sévillana-Gruppe der ganzen Féria gespielt hat. Von Paqui ermutigt, habe ich ein Mädchen gefragt, ob es Lust hätte, mit mir zu tanzen.

«Me haces el favor de bailar conmigo, señorita?»

«Vale!»

Und so beginne ich also zwischen all diesen andalusischen Roben die Sévillana zu tanzen.

Algo se muere en el alma
Cuando un amigo se va
Cuando un amigo se va
Algo se muere en el alma
Cuando un amigo se va ...

Die Seele wird ein trister Ort
Wenn ein Freund geht von dir fort
Wenn ein Freund geht von dir fort
Die Seele wird ein trister Ort
Wenn ein Freund geht von dir fort ...

Und da, ich weiß auch nicht, warum, aber ich spüre, dass das Mädchen beinahe lachen muss und die Leute um uns herum auch. Also frage ich meine Tanzpartnerin, was los ist.

«Beil bir es nicht gewohnt sind, daz ein Franzose zo gut Sévillana tanzen kann.»

«Ach so! Bueno.»

Und sie fühlen sich so geschmeichelt, dass ein Ausländer derartig gut die Sévillana tanzt, dass sie brüllen vor Lachen. Lustig, was? Aber was ich nicht verstehe, ist, warum sie vor allem bei der dritten Schrittfolge lachen. Jedes Mal, wenn ich so das Knie heben muss, geht es bei ihnen: «Mira, mira, mira, la va hacer otra vez, mira, ha! Lo ha hecho. Ha! Ha! Ha!»

Auf alle Fälle lassen sie mich die ganze Nacht tanzen, dermaßen beeindruckt sind sie.

No te vayas todavía,
No te vayas por favor,
No te vayas todavía,
Que hasta la guitarra mía
Llora cuando dice adiós ...

Willst du nicht noch bleiben?
Bitte, geh noch nicht.
Willst du nicht noch bleiben?
Denn sogar meine Gitarre muss weinen,
Wenn sie auf Wiedersehen sagt …

Bloß, dass ich beim Morgengrauen, als ich Pilar, das einzige Mädchen, mit dem ich noch nicht getanzt habe, zum letzten Tanz auffordere, zu hören bekomme: «Benn ich die Sévillanas tanse, bill ich zie mit einem Mann tansen, nicht mit einem Mädchen.»

«Wie, mit einem Mädchen?»

«Beil du bie die Mädchen tanst! Alzo zum Beispiel zollst du die Hende nicht so bewegen! Niemals. Das ist für die Mädchen!»

«Ach ja? Klar, ich habe es mir ja auch von Paqui abgeschaut, also kein Wunder. Außerdem war sie es, die mir gesagt hat, ich soll die Hand so bewegen, als würde ich einen Apfel nehmen, davon abbeißen und ihn wegwerfen!»

«Ja, aber das izt für die Frauen! Und noch bei der dritten Schrittfolge, benn du das Bein hebst, das Gnie, so! Das izt für die Frauen, beil sie den Rog heben, und du, du hast kein Rog, oder?»

«Also ... nein. Ah, jetzt verstehe ich, warum sie sich vor Lachen gebogen haben. Jetzt verstehe ich es. Aber sag mal im Ernst, Pilar, tanze ich wirklich wie ein Mädchen? Ich meine ... hm ... wirke ich wirklich wie ein Mädchen?»

«Und wie!»

«Danke, Pilar, du kannst dir nicht vorstellen, wie glücklich meine Maman darüber sein wird.»

Die Jungs und Guillaume, zu Tisch!»

«Wie? Ja, Maman, wir kommen!»

He! Maman ruft uns! Genau, sie hat gesagt: «Die Jungs und Guillaume, zu Tisch!» Ehrlich, sie hat echt gesagt: «Die Jungs und Guillaume, zu Tisch!», und beeilt euch, sonst fangt ihr euch noch eine Ohrfeige ein.

Nein! Ich nicht! Weil Maman und ich uns nämlich liebhaben wie verrückt.

«Oder, Maman? Du und ich, wir lieben uns mehr als ...?»

«Was war das? Also, ihr setzt euch jetzt alle drei hin und futtert, ich habe die Schnauze voll von euch! Scheiße!»

Sie ist ziemlich zurückhaltend, meine Mutter, sie zetert nicht gern herum.

Hier zum Beispiel sieht man sofort, wie sie gleich einen auf «Ich hab schlechte Laune» gemacht hat, damit man nicht merkt, wie unheimlich gerührt sie von dem war, was ich zu ihr gesagt habe. Und damit meine Brüder nicht eifersüchtig werden.

Sie ist nämlich megaintelligent, meine Mutter.

Sie ist einfach genial, meine Mutter!

Echt, ich glaube, sie hat überhaupt keinen Fehler ... meine Mutter.

Bis auf die Tatsache vielleicht, dass sie ständig schlechte Laune hat, und das seit fünfunddreißig Jahren.

Praktisch seit meiner Geburt.

Ob sie vielleicht meinetwegen schlechte Laune hat? Auf keinen Fall!

Wenn sie zum Beispiel ans Telefon geht, hat sie immer so einen genervten Ton drauf, so:

«Aaalloo!»

Und dann folgt ein Seufzen, damit die Person, die anruft, auch wirklich merkt, dass sie unheimlich stört. In Wahrheit ist es so, dass meine Mutter den ganzen Tag nichts zu tun hat, und indem sie diesen genervten Tonfall annimmt, vermittelt sie anderen den Eindruck, gestört zu werden, also etwas zu tun zu haben, das ist doch megaintelligent, oder?

Sie schwankt stets zwischen unglaublicher Herzlichkeit und arktischer Kälte, sie wechselt ständig und vor allem komplett übergangslos von dem einen zum anderen. Kürzlich zum Beispiel hat sie sich aufs Sofa gesetzt und gesagt:

«Stellt euch vor, endlich mal ein Essen ohne Gäste! Ich hab's echt satt, ständig Leute im Haus zu haben.»

Sie hatte den Satz noch nicht zu Ende gesprochen, als die Köchin in den Salon kam, um ihr mitzuteilen, dass die Eltern des kleinen Fabien, eines Klassenkameraden von einem meiner Brüder, in der Küche wären.

«Und was haben sie dort zu suchen?»

«Monsieur hat sie zum Essen eingeladen, Madame.»

«Ach, verdammt noch mal! Okay, geh los und sag deinem Vater Bescheid, dass seine Gäste da sind ... Verfluchter Mist! ... Und führ sie rein, sie sollen schließlich nicht ewig in der Küche rumstehen! Ich hab's dermaßen satt! Nie hat man seine Ruhe!

Guten Tag! Wie geht es Ihnen? Schön, dass wir uns wiedersehen, nicht wahr? Das freut mich wirklich. Ist auch schon wieder viel zu lange her, oder?

Nehmen Sie doch Platz ... Möchten Sie etwas trinken? ... Möchten Sie etwas trinken? ...»

!!!

HAAALLOO! Möchten Sie etwas trinken?

«Kommen Sie, sagen Sie ruhig, was Sie möchten! Ich bitte Sie! Drei Stunden Bedenkzeit, um uns zu sagen, was Sie trinken möchten? Einen koffeinfreien Kaffee und ein Perrier? Jetzt übertreiben Sie doch nicht gleich so!

Hol ihnen einen koffeinfreien Kaffee und ein Perrier.»

Ich kann meine Mutter supergut nachmachen ... ihre Art zu reden! Es ist einfach toll! Und ich bin so gut, dass ich sogar den Speiseplan ändern kann, wenn ich die Köchin anrufe, weil sie davon überzeugt ist, meine Mutter an der Strippe zu haben.

«Aaallô, Maria!»

«Ja, Madame?»

«Sag mal, was ist heute zum Essen vorgesehen?»

«Kalbsleber, Madame, wie jeden Donnerstag.»

«Ach ja, stimmt. Nein, nein, nein. Hör zu, mach ihnen lieber Seezunge, ja? Die Jungs lieben Seezunge, und Guillaume muss Fisch essen.»

«In Ordnung, Madame.»

«Danke, Maria.»

Sogar meine Großmutter fällt auf mich herein, wenn ich ans Telefon gehe.

«Aaaallô?»

«Allo, mein Herrzchen! (Meine Großmutter ist Russin ...) Wie geht es dirr?»

«Es geht, ich habe leichte Kopfschmerzen.» (Meine Mutter hat immer irgendwas.)

«Ah! Na gut. Und sonst? Wie geht es den Jungs?»

«Es geht.»

«Und Guillôme?»

«Ich habe leichte Kopfschmerzen.»

«Ja, das hast du mirr schon gesagt, nimm ein Aspirrin. Aber wie geht es Guillôme?»

«Abgesehen von meinem Kopf geht es mir gut.»

«Was soll das bedeuten, abgesehen von ... Oh mon Chérri, du bist das! Ich war sicherr, es wäre deine Mutterr. Es ist verrückt, aberr ihrr habt wirklich die gleiche Stimme. Ist deine Mutterr nicht da?»

«Nein, Babou, sie ist beim Friseur, wie jeden Donnerstag. Aber weißt du, warum du mich mit Maman verwechselt hast? Weil ich ihr so ähnlich bin. Und weißt du, warum ich ihr so ähnlich bin?»

«Oh, weißt du, mein Schätzchen, ich sage immerr, man soll sich nicht beschweren im Leben und sich nicht selbst belügen. Man macht sich nichts vorr, man stiehlt nicht, und man rechtfertigt sich niemals! Ist das klarr?»

«Hm. Also ... ja ... das hat zwar überhaupt nichts mit dem zu tun, was ich sagen wollte, aber auch gut. Ich bin ihr deswegen so ähnlich, weil ich in Wirklichkeit gar kein Junge ...»

«Ja, na gut, aberr späterr. Sag deinerr Mutterr, dass ich angerufen habe, und denke überr das nach, was ich dirr gesagt habe. Ich drück dich, mein Jungchen.»

«Ich dich auch, Babou.»

Sie ist ein bisschen verärgert, aber drangekriegt habe ich sie trotzdem.

Kurz gesagt, jeder fällt darauf rein. Übrigens sehe ich meiner Mutter sogar so ähnlich und rede dermaßen genauso wie sie, dass ich, wenn ich zum Geburtstag eines Klassenkameraden eingeladen bin, den ganzen Nachmittag mit seiner Mutter und ihren Freundinnen beim Tee sitzen bleibe.

Und was die Elternabende in der Schule angeht, da sollte ich eigentlich direkt selber hingehen, oder? Ich bin sicher, dass meine Lehrer überhaupt nichts dagegen einzuwenden hätten.

Der Einzige, der nie darauf hereinfällt, ist mein Vater.

Ich weiß nicht, warum, aber er will nicht, dass ich ein Mädchen bin, echt, das will er ganz und gar nicht. Das tut mir leid für Maman. Denn ich tue alles, um meiner Mutter ähnlich zu sein, damit er es versteht, aber nein, er kapiert es nicht.

Es liegt auch nur an ihm, dass sie mir ausschließlich Jungs-Kleidung kauft, weil sie ihn nicht verärgern will. Es ist auch so schon nicht einfach, sich richtig zu kleiden, aber echt ... sich als Mädchen anzuziehen, wenn man bloß Jungs-Klamotten hat ... Deshalb lasse ich mir immer wieder was einfallen. Kürzlich sind wir mittags mit meinem Patenonkel essen gegangen, und ich habe meinen Schal nur über eine Schulter gelegt, wie eine Stola. Das war derartig schön, dass sich alle Leute nach mir umgedreht haben. Und mein Vater, der einfach nichts verstehen will, hat mich gefragt, ob ich jetzt anfange, wie die Kaledonier herumzulaufen.

Ich habe einfach so getan, als hätte ich es nicht gehört.

Zum Glück habe ich es geschafft, zum gleichen Friseur zu gehen wie meine Mutter. Er ist sehr nett zu mir; er lässt mir die Haare immer ein bisschen lang und versaut mir nie die Föhnwelle.

Wirklich, außer meinem Vater …

Einmal habe ich abends Sisi und ihre Schwiegermutter gespielt, die Erzherzogin Sophie … Es ist komisch, für manche Kinder ist Sophie eine Plastikgiraffe, aber für mich war das immer die Erzherzogin aus Sisi! Sie ist die stolze Erzherzogin, sie kennt sich aus mit der Hofetikette! Gut, sie ist ein bisschen streng, manchmal sogar hartherzig, aber so elegant, sie besitzt ein solches Pflichtbewusstsein … Auch sie hatte es schwer! Kurz, ich war im Vorzimmer von Sisi, mitten in einer Privataudienz:

«Mein Kind, ich muss mit dir sprechen. Komm näher, damit ich dich anschauen kann! Ich finde, du siehst schlecht aus, du bist so blass, beinahe grün im Gesicht! Du solltest an die frische Luft gehen, reiten!»

«Mutter, ich möchte Wien und den Hof hinter mir lassen, ich ertrage die Last der Hofetikette nicht mehr, ich finde hier nicht die Liebe und die Zärtlichkeit, die ich brauche!»

«Hör endlich auf, dich selbst zu bemitleiden. Du bist Kaiserin von Österreich, da geht es wohl nicht um Zärtlichkeit. Und es gefällt mir nicht, wie du hier redest, welche Ausdrucksweise!»

«Aber Mutter ...»

«Unterbrich mich nicht, wenn ich spreche! Am Hof von Österreich herrscht eine sehr strenge Etikette, die wir aus Spanien übernommen haben, es ist das Hofzeremoniell Karls des Fünften, und da wird für niemanden eine Ausnahme gemacht ...»

Und in diesem Moment ist mein Vater ins Zimmer gekommen, ohne anzuklopfen, und ich bin ihm mit den Worten um den Hals gefallen: «Oh mein Papilein, bring mich in den Wald!»

Der hat vielleicht ein Gesicht gemacht!

«Was treibst du hier eigentlich? Was soll das denn sein?»

«Was das?»

«Na, das!»

«Oh, das, na ja, es ist so, wenn ich schlafe, nachts, bewege ich mich zu viel, und dann wache ich frierend auf, weil meine Decke heruntergerutscht ist, also habe ich sie mir mit dem Gürtel um den Bauch gebunden, damit ich sie nicht verliere, verstehst du?»

«Mmh, mmh. Und kannst du mir erklären, was der Pullover um deinen Kopf soll?»

«Ach das, also das ist, weil ich nachts an den Ohren friere, am Kopf.»

«Oh, vielen Dank auch!»

Seitdem hat es in unserem Haus immer 28 Grad, und man kommt sich vor wie in der Sauna!

Er will unbedingt, dass ich Jungs-Kram mache. Einmal hat er mich gefragt, welchen Sport ich machen will, aber da war meine Mutter dabei, also habe ich augenblicklich gesagt: «Wenn du schon fragst: Klavierspielen!»

Das ist gar nicht gut bei ihm angekommen.

Es ist sogar so schlecht bei ihm angekommen, dass ich mich ein Jahr später in einem Jungen-Internat wiedergefunden habe. Und zwar bei den Katholischen Schulbrüdern. Wir waren mehr als hundertzwanzig pro Jahrgang. Ich fange gar nicht erst damit an, von den Problemen zu erzählen, die man als einziges Mädchen unter hundertzwanzig Jungs hat. Besser nicht. Wirklich, es ist ... sehr problematisch. Glaubt mir!

Sie haben mich Schwuchtel genannt oder warmer Bruder, das kam darauf an ... worauf es ankam, habe ich nie verstanden.

Der einzige Freund, den ich hatte, war der Sohn eines Landwirtes aus der Picardie, Nicolas. An dieser Schule kein Reiche-Leute-Söhnchen zu sein führte zwangsläufig zu beinahe derselben Ausgrenzung, wie ein Mädchen zu sein. Also wurden wir notgedrungen Freunde.

In der Pause, wenn alle Fußball spielten, und zwar mit Lederbällen, um genau zu sein, bestand das Ziel nicht darin, den Ball ins Tor zu schießen, sondern mir mitten in die Fresse. Das tat ziemlich weh.

Aber eines Tages, nachdem es mir gelungen

war, einem Ball auszuweichen, habe ich mir den Kopf an einer Mauer aufgeschlagen, damit die Mannschaft verlor, die mich drangsaliert hatte.

Und erst die Schlafsäle ... Die Geräusche, die einsetzten, nachdem das Licht ausgeschaltet worden war. Der Horror! Hundertzwanzig knarrende Betten, dieses Konzert muss man sich mal vorstellen. Zwischen den Betten war praktisch null Abstand. Außerdem hing über meinem Bett ein enormes Kruzifix von vier mal zwei Metern, das dermaßen phosphoreszierte, dass ich in dem Licht meinen Bettnachbarn sehen konnte. Thomas hieß er, glaube ich, oder Stéphane, ich hab's vergessen. Aber er hat auf eine echt ausgefallene, um nicht zu sagen bizarre Art onaniert. Er hat sich auf den Bauch gelegt, sich an sein Kissen geklammert und regelrecht seine Matratze gevögelt, aber echt wie ein rammelnder Hengst. Wenn man das gesehen hat ... also, da vergeht einem die Lust, ein Mädchen zu sein. Schon die bloße Vorstellung, anstelle der Matratze unter ihm zu liegen ... o mein Gott!

Viel später erklärte man mir: «Wenn dir das passiert, mach die Augen zu und denk an England.»

Na ja, bei der Gelegenheit im Schlafsaal musste man eher an einen türkischen Knast als an einen grünen Cricketrasen denken. *Midnight Express* war der reinste Mückenschiss gegen das, was in meinem Internat gelaufen ist. Einmal hatte ich nachts Herzrasen, und da haben sie alle beschlossen, mir eine Herzmassage zu verpassen, hundertneunzehn Jungs haben sich auf mich gehängt, ich hab gedacht, ich krepiere ... Nein, echt, beinahe wäre ich gestorben und dort geblieben.

Also, um es kurz zu machen, zweieinhalb Jahre Internats-Mutprobe haben noch keinen umgebracht, was? Aber ich wollte auch nicht zu Hause bleiben und für meine Brüder das Aschenputtel spielen, wie mir mein Vater jedes Wochenende vorgeschlagen hat.

Immerhin durfte ich mich nach ein paar Aufenthalten in der Notaufnahme des Krankenhauses mit einer sehr netten Dame unterhalten, die mir bunte Farbkleckse gezeigt hat und wissen wollte, woran ich dabei denken muss.

«Sieht nach zwei Ratten aus, die sich gegenseitig zerfleischen.»

«Die meisten Leute sehen einen Schmetterling.»

«Ach! Na gut ... dann nehme ich auch den Schmetterling.»

Das Ergebnis dieses Tests habe ich nie mitgeteilt bekommen. Normalerweise gehöre ich immer zu den Besten, aber in diesem Fall weiß ich nicht, was da passiert ist. Als ich meine Mutter fragte, hat sie geantwortet:

«Na ja, sie haben gesagt, dass du viel zu selbstbezogen bist und ständig eine Show abzieht, was hast du denn gedacht? Wo wir schon dabei sind, du fährst nach dem Wochenende nicht in die Picardie zurück, ich bringe dich in dein neues Internat.»

«In mein was? Aber wir ... sind doch mitten im Schuljahr.»

«Ja, aber das haben wir geregelt.»

«Ach. Das habt ihr also geregelt ... Aber Nicolas wartet auf mich!»

«Oh, jetzt zieh nicht wieder deine Show ab, okay? Ich hatte dieses Wochenende schon wahnsinnig viel zu erledigen, und jetzt muss ich mir auch noch eine Hin- und Rückfahrt an einem Ort reinziehen, wo der Pfeffer wächst, dein neues Internat liegt nämlich in einer total abgelegenen Gegend von England, also beherrsch dich, ja?»

«In England? Mein Internat ist in England?! In England!»

Ach, England! Ich entdeckte England! Dieses Land, in dem man mit einem Kürbis auf dem Kopf spazieren gehen kann oder mit Truthähnen an der Leine, ohne dass sich irgendjemand darüber aufregt, abgesehen von einem «Oh how amusing» vielleicht. Das Land, in dem man niemals einfach «einen Kaffee» serviert bekommt, sondern einem immer «a nice cup of tea, luv?» angeboten wird. Das Land, in dem jedes Leiden von einem ermutigenden «Aber es ist gut für die Gesundheit» begleitet wird. Na ja, auch wenn es stimmt, dass die Engländer diejenigen Erdbewohner sind, die am ungesündesten aussehen, hört man den Satz doch immer wieder gern.

Dieses Internat war großartig. Der türkische Knast lag hinter mir und vor mir der grüne Cricketrasen.

Das heißt, die Regeln im türkischen Knast hatten zumindest den Vorteil, eindeutig und klar zu sein, während man sich bei den Cricketregeln auch eine Kugel ins Knie schießen könnte. Man steht mitten auf dem Rasen und starrt auf Typen in Weiß, die alle zwei Stunden einen Ball abschlagen. Man hat es mir lang und breit erklärt, ich hab's nie verstanden. Und noch dazu, falls es einem jemals gelingt, diesen teuflischen Ball zu fangen, bricht er einem die Finger, doch, echt wahr, das ist nämlich nicht wie beim Baseball, und man hat keine Handschuhe. Das Ganze wird regelmäßig von diskretem Applausgepritschel begleitet und dem unvermeidlichen «Well done, very nice shot», obwohl absolut überhaupt nichts passiert ist.

Jedenfalls, vom Cricket einmal abgesehen, war es ganz toll. Wir hatten alle die gleiche Uniform, sogar die Mädchen, also ...

Dann kamen an einem Wochenende meine Eltern zu Besuch, und da hat es sogar mein Vater kapiert.

Sie hatten mich in ein sehr schönes Hotel mitgenommen. Nach dem Abendessen bin ich in ihr Zimmer gegangen, meine Mutter lag lesend im Bett, und ich wollte gerade ins Bad gehen, um meinem Vater gute Nacht zu sagen, der sich die Zähne putzte und mich noch nicht wahrgenommen hatte, da sagte er in meine Richtung:

«Hast du deine Tabletten genommen?»

«Welche Tabletten?»

«Na deine Tabletten, so unendlich viel Auswahl hast du ja nicht, oder doch?»

«Nein, wirklich, ich habe keine Ahnung, welche Tabletten du meinst.»

«Einfach deine Ta... Ahhh, du bist es.»

«Ja, ich bin es, gute Nacht, Papa.»

«Ja, also dann, gute Nacht.»

Was er für ein Gesicht gemacht hat, als er gesehen hat, dass ich es war und nicht meine Mutter! Ha! Ich habe es an seinem Blick gesehen, dass er es verstanden hatte.

Ha! Jetzt wird meine Mutter bestimmt megaglücklich sein, weil es das jetzt war. Endlich hatte auch er kapiert, dass ich ein Mädchen war.

«He! Maman? Es ist so weit, Papa hat's kapiert.»

Und dann bin ich aufs Bett gesprungen und ganz dicht zu ihr gerückt.

«Nein, jetzt hör mal, verzieh dich, verdammt, du sitzt auf meinem Kopfkissen, ich hab keine Lust, mit dem Geruch deiner Pupser einzuschlafen, also geh ins Bett, und zwar gleich, ach, ich hab's satt.»

«Oh! Also dann, gute N...»

«Ja, genau, gute Nacht. Und jetzt ...»

Na ja ... also gut, trotz der eindeutigen Kapitulation meines Vaters hat meine Mutter offensichtlich weiterhin schlechte Laune.

Da stimmt doch irgendetwas nicht! Ich weiß nicht, was ich noch machen soll. Warum ist meine Mutter nicht glücklich? Und trotzdem, das war's jetzt, ich bin ein Mädchen wie sie ...

Ha! Ich bin so dumm! Ha! Aber klar! Ich bin wie sie, ja, aber ich bin in Wahrheit doch kein Mädchen! Ha! Das ist es, ich hab's! Ich sehe ihr einfach zu ähnlich, das ist es, und folglich erkennen die Leute nicht, dass ich ein Mädchen bin, sondern sie nehmen einfach nur wahr, wie sehr ich meiner Mutter ähnele. Ha! Aber, wenn ich kein richtiges Mädchen bin, was soll ich machen? ... Um eins zu werden, meine ich. Ha! Na klar! Ich muss andere Frauen imitieren, logisch! Dann ist es nicht meine Mutter, die mein Vater, meine Familie und alle anderen in mir sehen, sondern einfach ein Mädchen, eine Mischung aus anderen Mädchen, und dann sehen mich endlich alle als Mädchen, na ja, nicht wirklich als Mädchen, aber beinahe, und dann ist meine Mutter glücklich! Oh, das ist genial!

Ich muss mich also einfach nur von anderen Frauen inspirieren lassen, die ich mag.

An erster Stelle steht da meine Großmutter, die ich vergöttere. Das einzige Problem ist, dass mir meine Mutter kürzlich erzählt hat, meine Großmutter hätte vergangenen Monat so eine Art Anfall gehabt und würde seitdem manche Wörter verwechseln.

Als ich sie angerufen habe, um zu hören, wie es ihr geht, sagte sie:

«Alles in Ordnung, mein Dummchen!»

Statt «mein Jungchen»; das hat mir einen richtigen Schlag versetzt.

«Hm, ja, Babou, alles in Ordnung, und bei dir?»

«Oh, weißt du, also gesterrn hat die Tonne geschienen wie verrückt, und heute regnet es Rindsmägen, aber davon abgesehen, ist alles Wut, mein Büßer.»

«Ah ... umso besser.»

«Vor ein paar Taten hätte ich beinahe so einen Zahnbarsch im Schlitten abgeknallt, aber ich konnte ihn gerade noch aufweichen.»

«Einen Zahnbarsch im Schlitten ... Ach so, weil du immer noch Auto fährst?»

«Also hörr mal. Du willst doch wohl nicht, dass ich saufe!»

«Nein, ganz bestimmt nicht, du solltest nicht saufen. Aber davon abgesehen geht es dir gut, oder?»

«Oh, weißt du, mein Plätzchen, ich sage immerr, man soll sich im Leben nicht begehren und sich nicht bemühen. Man lacht sich nichts vorr, man zielt nicht, und man verdächtigt sich niemals! Ist das barr?»

«Ja, Babou, das ist vollkommen bar.»

«Hör mal, mein Bengel, vergiss nicht, den Jungs zu sagen, dass sich der Clown immer im Zirkus die Zähne putzt, ja? Ich drück dich, mein Dummchen.»

«Ich dich auch, Papou, hm, Babou.»

Seitdem heißt sie in der Familie «Radio London»!

Das passt schon. Abgesehen von diesem leichten Handicap, das ich ganz bestimmt nie nachäffen werde, ist meine Großmutter sehr elegant und sehr schön. Sie sieht ein bisschen aus wie Greta Garbo. Sie hat immer so einen durchdringenden Blick bei halbgeschlossenen Lidern, und eine Hand legt sie auf ein Knie, genau wie die Garbo. Sie hat eine königliche Haltung und weiß stets etwas Passendes zu sagen ... Obwohl nein, jetzt nicht mehr, aber sagen wir, die gute Absicht zählt.

Aber wenn ich das jetzt mit meiner Mutter mische, was kommt dann dabei heraus?

Nein, das ist noch zu dicht an meiner Mutter, ich brauche mehr ...

Mmm ... Mmm ... Meine Tanten! O ja, meine Tanten sind super. Sie sind unheimlich feminin. Eine ist wirklich himmlisch! Ein bisschen betrunken von morgens bis abends, aber himmlisch. Sie wohnt in Los Angeles. Eines Tages hat sie zu mir gesagt: «Mit den Kerlen ist es ganz einfach! Am Anfang gibt man ihnen viel, aber so richtig viel, und wenn sie sich dann an einen gebunden haben, zieht man die Daumenschraube an und gibt nichts mehr, und dann packst du sie an den Eiern!» Sie redet pausenlos vom Gay Pride in Kalifornien und behauptet, alle Schwulen wären entweder Antiquitäten- oder Blumenhändler.

«Und du, Guillaume, was willst du später einmal werden?»

«Also, ich weiß nicht so recht, Journalist!»

«Ach, willst du nicht Antiquitätenhändler werden?»

«Nein.»

Und dann ist da noch die andere Tante, die immer total geziert eine Hand abwinkelt und sich den ganzen Tag auf die Unterlippe beißt. Sie lässt ständig irgendwelche fremdsprachigen Satzteile einfließen, wenn sie etwas sagt.

Kürzlich hat sie angerufen, und ich hatte kaum abgenommen, schon ging es los.

«Hola mi amor, qué tal? Weißt du, gestern habe ich ein Foto von dir gesehen, auf dem du unheimlich hübsch ausgesehen hast! Damit hatte ich überhaupt nicht gerechnet, I was so surprised! Weil du normalerweise, entschuldige bitte, wirklich zum Abhängen und Übermalen bist. Furchtbar! Ein Horror! Ah, übrigens hab ich das Spülwasser mit seinem Aushilfsfriseur und die tote Fliege mit ihrem oberhässlichen Kerl zum Abendessen eingeladen, willst du nicht auch kommen, damit wir was zu lachen haben, sonst wird es grässlich trübsinnissimo. Sad, sad, sad! Komm schon, mon cariño, du weißt doch, wenn du mich zum Lachen bringst, kannst du von mir haben, was du willst. SKY-IS-THE-LIMIT! So it's a yes, okay? Bis heute Abend, mi amor.»

Und damit hat sie aufgelegt.

Ihr müsst zugeben, das ist unwiderstehlich!

Doch es gibt ja nicht nur die Frauen aus meiner Familie ... da sind ja noch all die anderen ... und jede von ihnen hat etwas Einzigartiges an sich.

Ich habe mich darangemacht, alle Frauen zu beobachten, alle, jede ihrer Gesten unter die Lupe zu nehmen, jede ihrer Verhaltensweisen, jeden ihrer Blicke, jeden ihrer Spleens. Wie Martine ihre Beine übereinanderschlägt oder wie sich Isabelle über die Lippen streicht, wie

Christine zur Seite schaut, Victoire mit ihren Ringen spielt oder Valérie einatmend «Ja» sagt.

«Warte, mach das noch mal.»

«Was?»

«Das ‹Ja›.»

«Also ... mh ... ja!»

«Aber nein! Vorhin hast du einfach beim Einatmen ‹Ja› gesagt ... Das war schön.»

Oh, es ist toll! Ich habe gerade etwas ganz Außergewöhnliches begriffen!

In Wahrheit ist die größte Besonderheit der Frauen nämlich ihr Atem. Er kann sanft sein, auch bewegt, weniger flach, weniger gleichmäßig, voilà! Der Atem einer Frau verändert sich die ganze Zeit, je nachdem, ob sie gerührt oder konzentriert ist, Verführerin oder Verführte. Die Männer haben nur zwei unterschiedliche Arten zu atmen, mehr nicht, abhängig davon, ob sie ruhig oder aufgeregt sind. Das ist simpel, wie bei den Kötern! Ihr Atem steht zu nichts in Beziehung, höchstens zu dem Soldaten in ihrem Innern, und der darf seine Gefühle erst recht nicht zeigen. Die Frauen dagegen, es ist unglaublich, aber ihr Atem steht mit ihren tiefsten Empfindungen in Verbindung, mit ihren intimsten Gefühlen. Na gut, sie wissen auch, wie sie ihn einsetzen müssen, und halten sich dabei keineswegs zurück. Aber das habe ich zu erkennen gelernt und nachzuahmen ... Und so habe ich alles gelernt ... alle Arten, Luft zu holen, all die Atmungen, die mein Herz im Gleichtakt mit den Herzen der Frauen schlagen lassen.

Und außerdem ist es jetzt so weit. Ich liebe einen Jungen, genau! Jeremy heißt er. Wie ich ihn beschreiben würde? Na ja, das ist ganz einfach: Wenn ich ein Junge hätte sein können, wäre ich am liebsten genau wie er geworden. Er ist groß, er ist schön, er ist stark, er ist zärtlich, er ist elegant, männlich und sanft zugleich, er ist sportlich, aber auch kultiviert, ein Luftikus, aber auch verantwortungsbewusst, er ist einfach alles, echt, und vor allem besitzt er die wichtigste Eigenschaft eines Mannes für ein Mädchen: Er liebt die Mädchen wirklich.

Er ist auf meinem Internat in England. Und wenn ich für die Sommerferien nach Frankreich zurückmuss, macht es mich so unglücklich, von ihm getrennt zu sein, dass ich mehr heule als wenn mich meine Brüder verhauen. Und meine Mutter, die megaintelligent ist und alles mitkriegt, sagt:

«Jetzt ist aber mal Schluss mit dem Theater! Es kann doch nicht sein, dass du immer noch in diesem Zustand bist, bloß weil dein Bruder vorhin versucht hat, dich zu ertränken. Da muss noch etwas anderes sein. So, hör auf zu heulen, sonst fange ich auch noch damit an!»

Ah! Also höre ich auf zu heulen und gestehe ihr:

«Okay ... Es ist so, Maman: Ich liebe Jeremy, aber er liebt mich nicht, stattdessen hat er sich anscheinend total in diese dämliche Sarah verliebt. Sie ist grauenhaft, sie bügelt ihm sogar die Hemden. Seit er mit ihr zusammen ist, läuft er mit einer Bügelfalte in den Jeans rum ... Ein Albtraum! Das ist wirklich eine ... verstehst du das?»

«Ja, Chérie, ich glaube, ich habe es verstanden, ja.»

«Und? Was soll ich jetzt machen?»

«Weißt du, mon Chérie, es gibt viele, die ein sehr glückliches Leben führen.»

«Was soll das denn bedeuten: ‹Es gibt viele, die ein sehr glückliches Leben führen›?»

«Nun ja ... Es gibt eben viele!»

«Aber viele von was?»

«Nun ... also ... viele ... mmh ... Es gibt viele, die ... Du weißt doch, was ich sagen will, verdammt!»

«Nein, weiß ich nicht.»

«Also Jungen, die andere Jungen lieben, einfach Homos, Schwule! Jetzt stell dich doch nicht dümmer, als du bist.»

Was redet sie da bloß?

Ach sooo! Ich verstehe! Meine Mutter sieht in mir tatsächlich überhaupt nicht ihre Tochter, die ihr den ersten Liebeskummer anvertraut, sondern ihren Sohn, der Probleme damit hat, seine Homosexualität einzugestehen. Aber ich bin nicht schwul, denn ich bin deine Tochter, die sich von einem Jungen angezogen fühlt. Mehr hetero geht doch gar nicht! Ein Mädchen, das sich von einem Jungen angezogen fühlt, hat überhaupt nichts mit «Es gibt viele, die» zu tun! Ich geb dir gleich «Es gibt viele, die». Es gibt viele, die! Ich glaub, ich spinne!

Das würde ja bedeuten, dass ich gar kein Mädchen bin, ha! ... Das würde ja bedeuten, dass ich ein Junge bin! Ha! ... Und wenn ich ein Junge wäre, würde das bedeuten, dass ich Militärdienst machen muss!

O nein. Das geht gar nicht.

Wenn ich zum Militär muss, das ist ganz klar, dann sterbe ich!

Obwohl, wo ich doch jetzt schon mal so weit gekommen bin ...

Weil, wenn ich jetzt noch mal von vorne anfangen muss, weiß ich wirklich nicht, ob ich das schaffe ... Nein, wirklich nicht ... Ich weiß nicht ... Ich glaube wirklich nicht ...

Also, ich kann es gern versuchen, aber versprechen kann ich nichts ...

Übrigens kann ich mich noch sehr gut daran erinnern, dass ich eine Abreibung bekommen habe, die sich gewaschen hat, als ich mit vier oder fünf Jahren zu meinem Kindermädchen sagte:

«Weißt du, warum ich sterben werde, bevor ich achtzehn Jahre alt bin?»

«Nein, warum?»

«Weil ich mich umbringe, damit ich nicht zum Militär muss. Deswegen!»

Das arme Kindermädchen, das mich wie eine Wahnsinnige vermöbelt hat, konnte natürlich nicht wissen, dass für das kleine Kind, das ich war, zum Militär gehen hieß, meine Mutter vor aller Welt bloßzustellen, denn der Militärdienst war ausschließlich etwas für Jungs.

Ich, der heimlich alles tat, um die Tochter meiner Mutter zu sein, die einzige, die sie hatte. Und jetzt, wo ich wieder ein Junge werden sollte, wie konnte ich es da schaffen, der militärischen Züchtigung, ahem, militärischen Ertüchtigung zu entkommen?

Ich habe die Lösung gefunden!

Einmal hat mir ein Arzt gesagt, ich würde bestimmt wegen meiner Hemmungen unter Stottern leiden ... Ich weiß, auf den ersten Blick ist das nicht so offensichtlich, aber es ist wahr ... Und solche Symptome gehen oft mit nervösen Störungen einher, die beim Militär vermutlich für ziemliche Unruhe sorgen würden. Also habe ich beschlossen, diese Eigenschaft ganz leicht zu betonen, eine total harmlose Sache, und bin, bewaffnet mit einem einfachen Brief dieses Arztes, zur Musterung marschiert, von Kopf bis Fuß schwarz angezogen und an eine Umhängetasche geklammert wie an einen Rettungsring, den ich mich geweigert habe loszulassen.

Ich habe alle Tests mit Erfolg absolviert, was in Anbetracht des Niveaus dieser Tests eher beruhigend war, und fand mich dann vor einem Allgemeinarzt wieder, der den Brief meines Arztes gelesen und daraufhin angefangen hat, mit mir zu reden wie mit einem Schwachsinnigen.

«Sie-mü-ssen-noch-zum-Psy-chi-a-ter ... A-ber-wir-klich-nur-we-gen-Ih-res-Stot-terns.»

«Aber ich bin nicht geistesgestört, Herr Doktor.»

«Natürlich nicht, also, es ist die Tür am Ende des Flurs rechts.»

Ich gehe in das Zimmer des Irrenarztes, er hat meine Akte mit meinem Brief und den Antworten auf dem Fragebogen, den ich kurz zuvor ausfüllen musste.

«Sie schreiben, dass Sie einen Selbstmordversuch gemacht haben. Warum?»

«... Ja ... also, weil ...»

«Mm ... weil was?»

«... Weil ... er ... also ... er ... also, hat versucht, mich ... also ... mich ... mich zu ertränken!»

«Soso. Und wer ist ‹er›?»

«Also ... der andere.»

«Soso. Verstehe ... Und warum hat er versucht, Sie zu ertränken, ‹der andere›?»

«... Also ... also ... Weil er ... also ... Er hat erfahren ... dass ... dass ... ich eine ... eine ... eine ... Beziehung hatte ... mit einem.»

«Einem?»

«Einem.»

«Einem was?»

«... Also ... einem ... einem ... einem ...»

«Aber mit was für einem denn nun?»

«... Einem ... also ... Einem ... einem?»

«Mit einem wem, verflixt noch mal?»

«Einem Schwarzen.»

«Ah! Soso. Und ... Was halten Sie so von den Schwarzen ... ahem, vom Militär, wollte ich sagen, was halten Sie vom Militär?»

«... Ich habe ... ich habe ... ich habe ... Angst!»

«Und warum?»

«Weil ich in einem ... Ich war ... fünf Jahre im Internat ... also ... nur mit ... also ... Jungs ... und ... also ... also, na ja .. also ... Ich weiß, wie das ist!»

Der Typ hat sich dermaßen unaussprechliche Sachen vorgestellt, dass sein Gutachten den zweiten Psychiater direkt dazu brachte, mich für untauglich zu erklären. Na ja, ganz so einfach war es doch nicht. Der zweite hat zuerst den Brief von meinem Arzt gelesen, der ihn anscheinend überhaupt nicht überzeugt hat, und dann das Gutachten des ersten Psychiaters. Und das führte zu Folgendem:

«Nehmen Sie Platz, junger Mann. Geben Sie mir das ... Also sehen wir mal. Oh, aha, er hat ein Briefchen von seinem netten Arzt mitgebracht, wie? Also ... mhm, mhm, mhm ... ja ... gut, sehen wir weiter ... Ja, ja, soso, oh der arme Kleine ... mhm, gut, und was steht in dem Gutachten? ... Oho, immerhin ... o verdammt! Entschuldigung ... oh, là, là ... Puh! Mein lieber Schwan ...

Sagen Sie, junger Mann, nehmen Sie irgendwelche Medikamente?»

Und da habe ich meine Umhängetasche mit allen möglichen Pillen auf seinem Schreibtisch ausgeleert.

«Ah, wenigstens bist du nicht ganz einsam und allein, was? Nein, das war ein Witz ... Also, Scherz beiseite ... also ... Wie oft pro Woche gehen Sie zum Psychiater?»

«Zwei Mal.»

«Aha, das ist auch das Mindeste. Nein, das war ein Witz. Gut, hören Sie zu, junger Mann, also ... Sie werden nicht zum Militär gehen können, ja? Es tut mir leid, aber ... das wird nicht möglich sein ... vollkommen unmöglich ... ja? Wirklich nicht. Jedenfalls nicht dieses Mal ... haha, nein, das war ein Witz. Aber, also, wenn Sie einen Rat möchten ... also ... machen Sie auf jeden Fall mit der Psychoanalyse weiter!»

Also habe ich sofort damit angefangen! Das war der Wahnsinn! Ich bin bei einem Bekloppten gelandet, der mir die Stilblütensammlung der Sozialversicherung vorlas und der mir an dem einzigen Tag, an dem ich es gewagt habe, von Masturbation zu reden – Schande! –, bloß den Mittelfinger gezeigt hat ...

Ich hab schnellstens die Flucht ergriffen. Diese Geschichte hat mich endgültig deprimiert. Ich hatte die Moral einer Pornodarstellerin, mein Äußeres dagegen begann immer mehr an ein übergewichtiges Mannweib zu erinnern. Eine echt beklemmende Kombination.

Wenn ich deprimiert bin, ist es am besten für mich, eine Reise zu machen. Also habe ich, um auf andere Gedanken zu kommen – und zu einer besseren Figur –, beschlossen, nach Bayern zur Kur zu fahren. Warum Bayern? Nun ja, weil ich immer davon geträumt habe, die Schlösser Ludwigs des Zweiten zu besuchen. Vor allem, weil er der Cousin von Sisi war – man bleibt eben doch immer, wer man ist – und außerdem: Wenn die Möglichkeit im Raum steht, homosexuell werden zu müssen, lässt man sich am besten von den berühmtesten Vorbildern inspirieren. Na gut; wenn ich mir Platon ausgesucht hätte, dann hätte ich nach Griechenland fahren können!

Ich aber fand mich also irgendwann in München wieder, in einer Einrichtung, in der es ausschließlich blonde Menschen mit blauen Augen gab. Man kam sich vor wie in einer Werbung aus dem Jahr 1933. Das Durchschnittsalter der Klienten lag bei zweiundneunzigeinhalb, ich war mitten im *Zauberberg* von Thomas Mann gelandet und total am Ende. Bloß dass der Arzt nicht besonders gut Französisch sprach und noch schlechter Englisch. Und da meine Deutschkenntnisse höchst beschränkt sind, war unsere Verständigung entsprechend schwierig. Er fragte mich:

«Ein Problem?»

Und ich habe geantwortet:

«Nein, nein, kein Problem! Enfin, ich très dick ventre, Bauch, kann ich nicht sehen mehr mein Sex, sonst all goot.»

«Lé fentre? Fous foulez ... mmh ... Massage?»

«Jaja, Massage, zer goot. Nur, Archtung!

Mein Colon war entzunden, also attention, also ... für der Massage. Mais goot, jetzt geht es.»

«Ach so! Eine Colontherapie, ja?»

«Mmh ... ja! Il y a longtemps ... long time, mmh ... long!»

«Jaja, long time! Ach so! Und, fous foulez ‹Physical aptitude test›?»

«Was ist ... mmh ... ‹Physical aptitude test›?»

«Also, mmh, ein bisschen, en peu, de sport.»

«Ah, de sport? Ja, but nein, mmh ... no sport! Never sport!»

«Ach so! Einen Moment bitte ... Sehr gut!»

Der Arzt steckt mir ein Formular in die Tasche, die auf den linken Ärmel meines Hausmantels genäht ist, und bedeutet mir, dass ich zum Empfang gehen soll, wo man sich um mich kümmern wird. Dumm und gehorsam tue ich, was er sagt, ohne weitere Fragen zu stellen. Am Empfang nimmt sich eine Walküre mein Formular aus der Tasche, tippt etwas in einen Computer und sagt:

«Fotre prochain rentez-fous est à 15.15.»

«Danker shun!»

Ich gehe also mit meinen alten Leutchen zum Mittagessen ins Restaurant beim Schwimmbad und melde mich danach, immer noch im Hausmantel, um 15.15 Uhr an der Rezeption. Und da! Eine Art Bodybuilder aus einem Pornofilm kreuzt auf, der mir die Hand gibt, besser gesagt, die Hand drückt, noch genauer gesagt, die Hand zerquetscht, und dabei ruft:

«Hallo, Mister Gallienne, I am Raymunt!»

«Allô, Raymunt!»

«Wir allons faire oun Massage sportif, ja?»

«Ja, ja!»

Ich folge Raymunt durch ein Labyrinth von weißen Korridoren mit Türen, auf denen nichts steht. Er öffnet eine davon, keine Ahnung, warum diese und nicht irgendeine andere, bittet mich in ein vollkommen weißes Zimmer mit einer Massageliege hinein, die beleuchtet ist wie ein Operationstisch, und sagt, ich solle mich ganz ausziehen.

«Ahem ... totally?»

«Ja, of course, für die Massage!»

«Ah!»

Ich entblöße mich also vor Raymunt bis auf die Haut und strecke mich bäuchlings auf seiner Liege aus, den Kopf in ein Loch getaucht. Plötzlich ertönt eine Synthesizermusik mit Walgesang: «Hiiiiiii ... Hiiiiiii ... Hiiiiiiiiii ...»

Dann zieht so ein altmodischer Geruch nach Räucherstäbchen mit Orangenparfümierung bis zu mir, einfach ekelhaft, und in diesem Augenblick beginnt Raymunt damit, mir die Knochen zu ruinieren. Das, was er eine «Massage sportif» nannte, war in Wirklichkeit ein Entwässerungsprogramm für Sumoringer.

Noch dazu hat er mir während der Massage pausenlos schlüpfrige Witze erzählt, die ich überhaupt nicht verstanden habe:

«Zwei Nilpferde gehen zusammen baden. Sagt das eine zum anderen: ‹Weißt du was? Ich zahle meine Steuern nicht!› Ha! Ha! Ha!»

«Aha, so! Aieeuuu! Non, excusez-moi, vous mir tun très, très weh, very badly!»

«Fous êtes trés trés lasch et pas assez tonic, keine Spannkraft, also fous help. Che fais my work, also fous faites yours, et yours is, to ly still et pas talk. Sonst c'est fous, man bleibt wie ein Nilpferd! Ha! Ha! Ha!»

Als ich aus dem Zimmer wanke, habe ich Glieder wie Brei, mein Rückgrat scheint gebrochen, und ich bete, dass mein anschließender Termin weniger traumatisierend ausfällt. Und die Götter müssen mich erhört haben, denn ich sehe eine Sexbombe auf mich zukommen. Sie ist ein bisschen weniger blond als die anderen, hat einen Mund zum Träumen, und ihr Busen und ihre Haut sind unglaublich:

«Hallo, Mister Gallienne, I'm Ingeborg.»

«Allô, Ingeborg!»

«Suivez-moi, bitte.»

«Ja, ja!»

Zurück durch den Irrgarten der blendend weißen Korridore, dann öffnet sie eine Tür zu einem anderen Zimmer, in dem eine Behandlungsliege und alle möglichen Apparate stehen. Ich achte nicht besonders darauf, und wie nebenbei sagt Ingeborg zu mir:

«Déshabillez-vous, bitte.»

«Totally?»

«Ja, of course!»

Also, das ist eine echte Manie bei denen!

Ich ziehe mich vor Ingeborg splitternackt aus, dann erklärt sie mir, ich solle mich auf die Liege legen, aber:

«Sur fotre koté, position foetal et looking to the wall.»

«Hmmhmmm!»

Ich gehorche. Und da fängt meine schöne Ingeborg, während sie mit wer weiß was für

Apparaten herumhantiert, an, von Frankreich und Paris zu reden.

«Paris, sehr schön, mit meinem Vater ... Mein Vater a trafaillé à Paris ...»

«Ah, bon? Ohne Indiskretion, er hat was gemacht, votre Fater à Paris?»

«Das ist Indiskretion.»

«Oh! Pardon, entschuldigen, Ingeborg.»

Kurz darauf beugt sie sich über mich und sagt ganz sanft:

«Okay, es wird te pas wehtun!»

«Aha, bon, was voulez-vous ...?»

Und ich habe noch nicht mal meine Frage zu Ende ausgesprochen, da zwängt sie mir einen enormen Schlauch hinten rein.

«Mais qu'est-ce que fous foutez bordel?»

«Nein, fous defez relax fotre anus. No stress, sonst trés dangerous für das Rektum. Fous êtes prééét? Fertig?»

«In my position, Ingeborg, ist es très difficile, noch fertiger zu sein.»

«Oh, fous êtes trés trôles, very funny, fous les Français! Also on kommence, aber il faut bien hold it, ‹re-te-nir›? So heißt es in Französisch, hold it?»

«Oui, oui, so eißt es.»

Und da dreht sie einen Wasserhahn auf und schießt mir drei Liter warmes Wasser rein, während sie sich die ganze Zeit über mich beugt und wiederholt:

«Hold it! Hold it! Hold it!»

«Non ... Ich kann nicht mehr ... hold it, Ingeborg ... ich sterbe!»

«Okay, wir stop!»

Und da dreht sie an einem andern Hahn und ... Staubsauger!

Dann beäugt sie die Schläuche und seufzt betrübt.

«Ah, fous n'afez pas fait die Diät!»

«Was fur Diät?»

«Für die Colontherapie muss man faire Diät before. Che suis sorry, nous tefons refaire. Noch-ein-mal.»

«Wie, noch-ein...?»

«Fous êtes prêêét? Fertig? Hi! Hi! Hi!»

Und dann wieder drei Liter kochend heißes Wasser.

«Hold it! Hold it! Hold it!»

Nur dass sie mich dieses Mal fragt, damit es auch mal eine schöne Abwechslung gibt, ob mir das Wasser zu heiß ist. Ich sage ja ... Schlimmer Fehler!

Ohne lange zu fackeln, dreht sie an einem anderen Wasserhahn und schießt mir eiskaltes Wasser in den Körper.

Man macht sich keine Vorstellung, wie es sich auf das Körperinnere auswirkt, wenn es einem solchen Wechsel von großer Wärme zu eisiger Kälte ausgesetzt ist ...

Als ich dort rauskam ... war ich völlig ausgelaugt ... hatte ein Gefühl der, mmh, Leere ... also, na ja, man kann es sich ausmalen.

Das hatte mir echt noch gefehlt. Entjungferung durch Ingeborg, das hatte ganz und gar nicht zu meinen Reiseplänen für Bayern gehört. Es war für mich schon nicht besonders naheliegend, wieder zu einem Jungen zu werden, aber das ... Das bisschen Männlichkeit, das ich besaß, hat dadurch einen heftigen Schlag erlitten, das kann ich euch versichern.

Es ist wahnsinnig schwer, männlich zu sein, oder? Schon dass man die ganze Zeit mit gespreizten Beinen dasitzen muss ... Und dann noch dieser Gang ...! Als hätten wir allesamt Eier wie ein Zuchtstier, also, ich schaffe das jedenfalls nicht!

Ja, und dann kam der Sport … Ich hab es versucht … ehrlich. Schon in England wollten sie, dass ich Rugby spiele.

Als mich so ein Kerl das erste Mal auf den Boden geworfen hat, bin ich ohnmächtig geworden. Schluss mit Rugby.

Also habe ich es mit Schwimmen probiert. Als ich am ersten Tag aus dem Wasser kam, war ich violett angelaufen, die Lippen blau, nur die Badehose an, und ausgerechnet da muss ich einem Deppen begegnen, den ich seit Ewigkeiten nicht gesehen habe und der mir von der Höhe seiner ein Meter neunzig herunter auf die Schulter klopft, was ich ganz besonders liebe, und sagt:

«Guillaume! Was machst du denn hier?»

«Ich … ich schwimme.»

«Ich wusste ja gar nicht, dass du schwimmst!»

«Doch, ich schwimme … na ja, wie jeder andere eben.»

«Machst du auch Krafttraining?»

«Hm … nein.»

«Das solltest du aber, das ist gut fürs Schwimmen.»

Und da höre ich mich mit diesem Feiglingsspruch antworten:

«Nein, das kann ich nicht, ich habe Rückenprobleme.»

Von wegen ... ich hatte noch nie Rückenprobleme ... Es war nur, weil ich zu feige war, diesem Deppen zu sagen, dass ich lieber auf der Stelle krepieren würde, als Krafttraining zu machen.

Das ist genau wie Fußball ... einfach furchtbar! Mit siebzehn anzufangen, Fußball zu spielen! Die ganzen Typen können schon mit vier Jahren dribbeln. Außerdem gibt es keine Mannschaft, die einen mit siebzehn noch nimmt. Nein, und noch dazu ich beim Fußball ... Ich lasse euch fünf Sekunden Zeit, damit ihr euch die Szene vorstellen könnt ...

Genau! Es ist lächerlich!

Also habe ich, um das Problem mit der Lächerlichkeit zu vermeiden, anstelle von Sport beschlossen, Theater zu spielen. Ich habe mich für einen Schauspielkurs angemeldet. Bloß dass die erste Szene, die ich spielen sollte, die Suade «Guten Appetit, die Herren!» aus *Ruy Blas* von Victor Hugo war. Ruy Blas ist ein hypermännlicher Spanier, der ein paar Minister anschnauzt. Zehn Studenten spielten die Minister, die ich beim Essen unterbrechen sollte, nur dass sich, als ich auf die Bühne kam und deklamierte: «Guten Appetit, die Herren! ... Die Herren ...?», niemand zu mir umdrehte. Weil sie mich überhaupt nicht gehört hatten. Ich hatte notgedrungen so lange Frauen nachgeahmt, dass ich jetzt mit Kopfstimme sprach.

Also bin ich zu einer Logopädin gegangen, einer tollen Frau, die mir geholfen hat, meine Stimme wiederzufinden, und zwar in jeder Hinsicht.

Sie ließ mich Übungen machen wie: «Ja, ja, ja, nein, nein, nein, nein, rauf, runter ... hu, hu? Und eins, zwei, drei und eins, zwei, drei, vier ...» Sie hieß Marcinelle ... Und als ich im Bariton sprechen konnte, meiner natürlichen Stimmlage, fragte sie mich:

«Und wie geht es Ihrer Mutter?»

Ich antwortete mit total spitzer Stimme: «Très bien!»

Also echt, das war ein schweres Stück Arbeit!

Aber nicht nur in akustischer Hinsicht, sondern auch in optischer.

Für mein erstes Casting habe ich mich auf eine Anzeige in einer Zeitschrift beworben, in der ein Regisseur junge Leute gesucht hat, und dabei stand «BCBG», das bedeutet *Bon chic bon gens* – also Schickimicki, und Schickimicki konnte ich auf jeden Fall. Ich habe ein Foto von mir hingeschickt und bin auch eingeladen worden. Tja, war ja klar.

Um mir sämtliche Vorteile zu sichern, bin ich mit einem exquisiten Kaschmirmantel dort aufgelaufen, außerdem einem Burberry-Schal und nicht zu vergessen mein Siegelring. Pech war nur, dass mein Friseur so schnell keinen Termin frei hatte, also konnte ich mir nicht mit einer Föhnfrisur die Haare entkrausen lassen, damit wäre ich nämlich noch mehr BCBG gewesen. Ich komme also zu dem Termin ... in einem Problemviertel ... und weil ich ziemlich früh dran bin, nutze ich die Zeit, um mir bei dem afrikanischen Friseur gegenüber doch noch schnell die Haare föhnen zu lassen. Als ich da rausgekommen bin, hätte man mich glatt mit Mireille Mathieu verwechseln können.

Dann bin ich zum Vorsprechen gegangen. Es hat in einem ziemlich schmuddeligen Gebäude stattgefunden.

So eine Schlampe macht mir die Tür auf.

«Casting?»

«Ahem ... ja!»

Da weist sie mir einen Sitzplatz am Ende eines kleinen, düsteren Flurs zu, der nur von dem Licht erhellt wurde, das aus den Toiletten hereinfiel, und in dem außer mir noch vier junge Araber warteten, die mich alle ein bisschen verwundert musterten.

Ich legte nicht ab und setzte mich schweigend.

Die Tür, die in den Raum führte, in dem das Vorsprechen stattfand, war überhaupt keine richtige Tür, und daher konnte man alles hören. Gerade fragte der Casting-Direktor den Bewerber, der vor ihm stand:

«Wir machen eine kleine Improvisation, okay? Also. Ich bin dein bester Kumpel, Nadir, und du hast gerade erfahren, dass ich mit deiner Schwester Kenza geschlafen habe, und deshalb bist du stinkig, leg los.»

«Was? Du hast Kenza gebumst? Du hast Kenza gebumst? Pass auf, was ich dir gleich für einen Bums auf deine Mischlingsfresse verpasse ... du arschfickende Schande deiner Sippe!»

O nein, das kann ich nicht, echt nicht, total unmöglich.

Zum zweiten sagt er:

«Also, du gehst zum Amt, um Stress zu machen ...»

«He, verflucht noch mal, was ist denn das hier für ein Scheißladen ...!»

«Nein, warte, ich bin noch nicht fertig. Du machst Stress, weil du einen Proberaum beantragt hast, in dem du mit deinen Kumpels Mucke machen kannst, und du hast den Raum immer noch nicht, leg los!»

«He, verflucht noch mal, was ist denn das hier für ein Scheißladen! Pass auf, was ich dir gleich für einen Bums auf deine Mischlingsfresse verpasse ... du arschfickende Schande deiner Sippe!»

Also, wenn er zu mir sagt, dass ich das machen soll, falle ich tot um ...

Und zum dritten sagt er:

«Kannst du mir einen Rap vorsingen?»

«Logo, null Problem.»

Mit dem Plan Balladur
Gibt's ein hartes Leben nur
Aber ich find bloß die Ischen toll
Von Bullen hab ich die Nase voll ...

Und ich höre den Casting-Direktor zu ihm sagen:

«Wow, das ist echt gut, das ist genau das, was wir suchen!»

Wie jetzt?!

O nein, ich kann so was nicht machen, das ist unmöglich! Ich kann keinen Rap. Kein bisschen. Nie im Leben ...

Was könnte ich wohl für einen Text rappen?

Unter Giscard geboren bin ich
Das ist echt vorsintflutlich ...

Ach so, nein, ich bin ja unter Pompidou geboren!

Liebchen, lass uns nach der Rose schauen
Die noch in der Frühe heut, der lauen
Im sonnenüberglänzten Purpurkleide …

Nein, das geht nicht.

Nein, ich bekenne gern, dass ich mich beuge:
Selbstsucht und Arglist lenkt den Weltenlauf,
Durchtriebenheit ist obenauf,
Und alle Menschen sind aus schwachem Zeuge.
Doch weil sie schlecht sind, sollen wir sie fliehn
Und einsam uns verkriechen hinterm Ofen?
Die Fehler, die an uns vorüberziehn,
Sie bilden uns heran zu Philosophen:
Das ist das schönste Amt der Wahrheitsglut;
Denn wäre nur noch Redlichkeit zu finden
Und wäre jeder treu, gerecht und gut,
Dann müssten all die Tugenden verschwinden,
Die uns die Kraft verleihen, ohne Fluch
Das Unrecht im Gefühl des Rechts zu tragen,
Und überall, wo wackre Herzen schlagen …

Na gut, mit Molière funktioniert es … ich bin bereit!

Und da bin ich auch schon an der Reihe.

Ich betrete den Raum zum Vorsprechen, mit meinem Kaschmirmantel, meinem Burberry-Schal und meiner Mireille-Mathieu-Föhnfrisur, und der Typ am Schreibtisch, der sich gerade Notizen macht, sieht nicht einmal auf.

«Nur zu, komm rein, mach's dir gemütlich, ich bin in zwei …!!! Oha … Guten Tag.»

«Guten Tag!»

«… Wen hätten wir denn da?»

«Guillaume Gallienne.»

«Ah ja, tatsächlich. Mmh … Wir hatten also einen Termin …»

Und dann kam seine erste Frage, mit der ich, das gebe ich zu, überhaupt nicht gerechnet hatte:

«Machst du Sport?»

«Was? Nein! Eigentlich nicht, nein … Ein bisschen Schwimmen, ein bisschen Ski, aber nichts, was ich meiner Mutter auf einer Postkarte schreiben würde.»

«Pardon?»

«Nein, entschuldigen Sie, das ist ein englischer Ausdruck, sehr lustig. ‹Nothing to write my mummy about›, aber offenbar funktioniert er in der Übersetzung nicht!»

«Mmh, mmmh ... Gut, gut, gut ... Also dann, wir machen eine kleine Improvisation! Klar?»

«Ja», hauche ich.

«Oh ... oh ... Eijeijei, also ... Gut! Dann mal los! Du ... Wir sind Brüder.»

«Geht klar.»

«Wir sind Brüder, ich bin Rachid, und du bist Mouloud.»

«Wie bitte? Mouloud?»

«Was ist denn? Hast du damit Probleme?»

«Oh, nein, nein, überhaupt nicht. Also: Mouloud, Rachid, Rachid, Mouloud. Geht klar!»

«Na bitte. Und wir spielen ein Spiel, verstehst du ...?»

«Geht klar ...»

«Nein, warte, hör auf, mich andauernd zu unterbrechen, es ist auch so schon schwierig genug, ohne dass du alle zwei Sekunden ‹Geht klar› sagst, okay?»

«Oh, Pardon!»

«Gut, also, mmh ... Pass auf, wir spielen ein Spiel, Schach oder so was, verstehst du? Und dann gibt es auf einmal ein Erdbeben. Action!»

Ich renne aus dem Zimmer und brülle:

«Mir nach Rachid! Mir nach!»

«Was machst du denn da, verdammt? Wieso läufst du raus?»

«Na ja, ehrlich gesagt, weil man mir gesagt hat, wenn es ein Erdbeben gibt, muss man immer dorthin flüchten, wo eine Wasserquelle ist, und ich hab gesehen, dass am Ende des Flurs die Toiletten sind ... deswegen!»

«Und du glaubst, ich filme dich auch noch auf dem Scheißhaus? Nein, warte, vergiss es ... Sag mal ... kennst du die Vorstädte?»

«Nein. Also, ich weiß, was das ist, aber eigentlich, nein!»

«Okay, na gut, vielen Dank fürs Kommen jedenfalls.»

«Na gut ... Nichts zu danken jedenfalls.»

Und da hab ich's begriffen. BCBG, das waren die Initialen der Produktionsfirma, und meine Fotos waren dermaßen schlecht belichtet, dass der Typ mich für einen Nachkommen nordafrikanischer Zuwanderer, einen Beur, gehalten hat.

Es war nicht das erste Mal, dass mir das passiert ist. Nein. Als ich es das erste Mal mit einem Jungen probieren wollte, hat er auch gedacht, ich wäre ein Beur. Ja, gut, ich wollte es eben mal mit Jungs versuchen, schließlich war meine gesamte Familie davon überzeugt, dass ich schwul bin. Und nicht nur meine Familie. Sämtliche Leute, denen ich begegnet bin, waren überzeugt davon, dass ich homosexuell bin und es nur nicht schaffe, es mir einzugestehen ...

«Solange du es nicht ausprobiert hast, kannst du es nicht wissen.»

«Aha!»

Ich muss allerdings dazu sagen, dass es auch mit den Frauen nicht gerade ein fliegender

Start war. Die erste, die ich nach Hause mitgenommen habe, war ungefähr einen Meter zweiundfünfzig groß, und sie war kaum aus dem Zimmer, da sagt meine Mutter:

«Weißt du, so schlecht proportioniert ist sie eigentlich gar nicht.»

Aus war es!

Die zweite war eine große, stolze Russin. Ich habe sie zum Tee mit meiner Mutter und meiner Großmutter eingeladen, und ich war unheimlich glücklich, als sie sich zu dritt auf Russisch unterhielten. Ich habe zwar nichts verstanden, aber ich fand es trotzdem schön. Dann habe ich meine Freundin zur Tür gebracht, und als ich wieder in die Küche kam, herrschte absolutes Schweigen.

«Gut, also dann ... Was ist hier los?»

«Also jedenfalls, was sie angeht, spielt sich alles hier ab (sie deutet auf ihre Stirn) ... weil du das hier (sie deutet auf ihre untere Bauchregion) vergisst!», sagt meine Mutter.

«Sieh einerr an, ich wollte genau das Gleiche sagen!»

Und dann, eines Tages, habe ich beschlossen, den Stier bei den Hörnern zu packen, wenn ich es mal so ausdrücken darf, und bin zu einer ... spezialisierten Einrichtung gegangen. Also, einer Einrichtung mit ziemlich schummriger und verschwitzter Atmosphäre, okay? Und natürlich, kaum bin ich zur Tür herein, stehe ich vor dem Friseur meiner Mutter, der mich mit einem Tja-in-fünfundzwanzig-Jahren-Friseurdasein-habe-ich-mich-eben-noch-nie-geirrt-Blick ansieht. Und einen Moment später kommt ein sehr gut aussehender Typ mit einem supernetten Lächeln auf mich zu:

«Besonders oft machst du das anscheinend nicht!»

«Das kann man wohl sagen!»

Er berührt mit einem Finger meine Wange und fragt, wo ich herkomme. Ich war unheimlich braun. Ich denke, er will wissen, wo ich in Urlaub war, und antworte:

«Casablanca!»

Darüber freut sich der Typ wie irre und nennt mich die ganze Zeit «Cousin», ich weiß nicht, warum, und so führt eins zum anderen, und am Ende schlägt er mir vor, mit zu ihm nach Hause zu gehen.

«Oh ... Porte de Pantin? Okay, einverstanden!»

Ich war ein bisschen beunruhigt, aber die Tatsache, dass Karim überhaupt keinen Druck machte und nicht mal versucht hatte, mich zu küssen oder so ...

Ich gehe also mit ihm nach Hause, und dort, Überraschung, sitzen zwei andere Typen vor dem Fernseher.

«Guten Abend!»

«Salut, Nordine.»

«Guten Abend, Nordine.»

«Ich bin Tony.»

«Guten Abend, Tony.»

«Und wer ist das?», will Nordine wissen, worauf ihm Karim von der Küche aus antwortet.

«Das ist das Flittchen!»

«He! Also hör mal! Aber ... mmh ... Karim ... also ... entschuldige, aber ... was machen wir jetzt?»

Und Tony sagt einfach zu mir:

«Na, zuerst bläst du uns einen, und anschließend ficken wir dich in den Arsch!»

«Oh! Oh! Nein, ich hab das Auto im Parkverbot stehen, ich muss los, tut mir echt leid, euch zu enttäuschen, aber ich muss jetzt ...»

«Immer mit der Ruhe, keine Panik, der ist bloß eine kleine Schwuchtel, also entspann dich, wie heißt du eigentlich, Flittchen?»

«Also ... Ich heiße Guillaume.»

«Was? Bist du denn kein Beur?»

«Nein, wieso?»

«Aber du hast gesagt, du kommst aus Casa!»

«Oh, nein, das ist ein totales Missverständnis, nein, nein, ich war in Casa im Urlaub.»

«Aber ein Lügensack bist du schon, was?»

«Nein, überhaupt nicht.»

«Doch, du bist ein Lügensack, stimmt's?»

«Mach dich vom Acker, ich steh auf Beurs, nicht auf Lügensäcke, also hau ab, rat ich dir!»

Uff. Als hätte mich der Gong bei der Boxrunde gerettet!

Der erste Versuch war echt der totale Blindgänger. Ich muss allerdings zugeben, dass der zweite auch nicht besser lief. Dieses Mal fand ich mich bei einem Schweden wieder,

der mir immerhin keine Angst machte. Er war außerdem sehr reinlich. Sogar so reinlich, dass er mich, nachdem wir bei ihm angekommen waren, gebeten hat zu duschen.

«Wie, ich soll duschen?»

«Das ist hygienischer.»

«Wenn du es sagst.»

Und dann stand ich wie ein Idiot im Bad.

Aber ich habe überhaupt keine Lust zu duschen, ich bin sauber, verdammt! Echt, du kannst mich mal mit deiner Hygiene, du Blödmann.

Also hab ich den Duschkopf genommen, überall eine Überschwemmung angerichtet, mir die Haare ein bisschen nass gemacht, bin mit einem Handtuch um die Hüfte aus dem Bad gekommen und habe gesagt:

«Ah, so eine Dusche tut doch immer gut!»

Dann ist er duschen gegangen, und es hat Stunden gedauert, bloß hatte er, als er rausgekommen ist, kein Handtuch um die Hüften, und was ich vor mir sah ... war ... ein Hengst! Ich konnte mich anstrengen, wie ich wollte, um an England zu denken, aber es ist mir überhaupt nicht gelungen. Ehrlich gesagt, ist es sogar wahnsinnig schwer, in so einem Augenblick an England zu denken und an Frankreich übrigens genauso, na ja, ist auch egal. Ich weiß nicht mehr, wer mir diesen Schwachsinn erzählt hat, es funktioniert überhaupt nicht. Ich hatte einfach unheimliche Angst, für diesen Hengst die Matratze meines Schlafsaalnachbarn aus dem Internat zu werden! Und dann hörte ich auf einmal ein Stimmchen in meinem Kopf – es war meine Mutter, und sie sagte:

«Na ja, ist doch klar, du hast schon immer Angst vor Pferden gehabt, also kann das nicht klappen.»

Ja genau, das stimmte! Mir wurde klar, dass ich im Grunde alles aus Angst heraus tat. Und zwar vor allem aus der Angst heraus, meine Mutter zu enttäuschen ... Und die einzige Methode, mit der man seine Angst überwinden kann, ist, das Objekt der Angst zu zähmen. Und für mich war das Objekt, das mir auf der Welt am allermeisten Angst machte, das Pferd!

Also bin ich in einen Reitverein in Meudon

eingetreten und jeden Tag im Morgengrauen hingegangen. Allein mit einem Pferd in seiner Stallbox ... Aaaargh! Ausmisten, satteln, Gurte und Zaumzeug anlegen ... das blanke Grauen. Und dann die ewigen Wiederholungen in den Reitstunden, die drei Gangarten, die Dressur, aaargh, ein Albtraum! Und dann sagte eines Tages der Reitlehrer zu mir:

«Bind die Zügel fest!»

«Was?»

«Bind die Zügel fest!»

«So?»

«Ja. Und jetzt lass sie los!»

«So?»

«Ja. Und jetzt schüttle die Steigbügel ab.»

«So?»

«Ja. Und jetzt mach die Augen zu, heb die Arme zum Himmel und vertraue dem Tier ...»

Ich habe die Augen geschlossen, ich habe die Arme zum Himmel gehoben, ich habe dem Tier vertraut. ... Und da ist es passiert! ... Ich habe ganz losgelassen, ich habe mich gehenlassen ... Und zum ersten Mal in meinem Leben habe ich keine Angst gehabt.

Einen Monat später rief ich eine Freundin an, Clémence.

«Was machst du heute Abend?»

«Ich hab ein paar Mädels zum Abendessen eingeladen.»

«Oh! Ich komme auch!»

«Nein! Das ist ein Frauenabend.»

«Und?»

«Neeiiin. Außerdem sind das Freundinnen, die du nicht kennst.»

«Umso besser! Mir egal, ich ziehe auch ein Kleid und Absätze an, wenn es sein muss, aber ich komme.»

«Na gut ... Du kannst kommen, aber du musst mir versprechen, nicht das Gespräch an dich zu reißen.»

«Ich verstehe nicht, wieso du das sagst! Nein, ehrlich, das verstehe ich überhaupt nicht.»

Ich bin also hingegangen, glücklicherweise ohne Absätze! Und dort habe ich ... die schönste Frau der Welt getroffen! Die einzige Frau, die zugleich dermaßen schön, dermaßen hübsch und dermaßen süß sein kann, und außerdem die einzige Frau seit meiner Mutter, die meine ganze Aufmerksamkeit auf sich zieht.

Während ich sie ansehe, wirbeln Tausende Sätze und Wörter in meinem Kopf durcheinander: Dieses Kind ist aber sehr mädchenhaft! He, du Homo! He, du Schwuchtel! Er ist ganz die Mutter! Ist dieser Tuntenarsch schon eingeweiht? Der wird garantiert schwul! Hör auf mit dem Theater! Nein, verpiss dich, das hier ist nur was für Kerle! Hallo, wie geht's denn so am anderen Ufer? Dir ist echt überhaupt nichts peinlich! Solange du es nicht ausprobiert hast, kannst du es nicht wissen! Echt, du bist dermaßen homo, dass du schon Lesbierin geworden bist! Weißt du, Cariño, es ist ganz einfach – eines Tages wirst du dich verlieben, und wenn die Person ein Mann ist, bist du gay, und wenn die Person eine Frau ist, bist du hetero! Die Jungs und Guillaume, zu Tisch!

Und mitten zwischen all diesen Sätzen, die mir durch den Kopf rasen, höre ich unsere Freundin Clémence rufen:

«Die Mädels und Guillaume, zu Tisch!»

«Was?»

«Die Mädels und Guillaume, zu Tisch!»

Die Mädels und Guillaume?

Oh, was für eine tolle Vorstellung!

Ich hätte nie geglaubt, dass ich diesen Satz eines Tages hören würde!

Die Mädels und Guillaume ...

Ich habe Amandine angesehen, ihr zugelächelt, und ich hatte keine Angst.

Ich hatte dermaßen keine Angst, dass ich ihr sogar erklärt habe, ich hätte muskulöse Oberschenkel.

Und das stimmt!

Ein paar Monate später habe ich meine Mutter besucht und zu ihr gesagt:

«Maman, ich habe dir zwei Dinge anzukündigen. Erstens habe ich beschlossen, ein Theaterstück über einen Jungen zu schreiben, der es schaffen muss, seine Heterosexualität inmitten einer Familie anzunehmen, die beschlossen hat, dass er homosexuell ist.»

Wir waren gerade mit dem Essen fertig, und

es waren nur noch wir beide in der Küche. Und das Einzige, was sie dazu gesagt hat, war:

«Warte mal kurz! Hilf mir aufräumen, das ist hier ...»

Und dann, nach einer langen Stille, dreht sie sich zu mir um und sagt mit sehr hoher Stimme, einfach so:

«Aber was ich an deiner Geschichte nicht verstehe, ist, dass dieser Typ da hundert Prozent hetero sein soll, oder?»

«Hm ... ja!»

«Und wenn ich es richtig begriffen habe, ist seine gesamte Familie davon überzeugt, dass er hundert Prozent homo ist, ja?»

«Hm ... ja, genau!»

«Also ist er in Wahrheit hundert Prozent hetero, oder?»

«Hm ... ja!»

«Gut. Und wo ist der Beweis dafür?»

«Für was?»

«Nun, dafür, dass er hundert Prozent hetero ist! Wo ist der Beweis dafür? Woher soll der Zuschauer wissen, dass er hundert Prozent hetero ist, schließlich ist seine ganze Familie überzeugt davon, dass er homo ist – wenn wir mal annehmen, dass seine Familie nicht komplett hirnverbrannt ist. Wo haben wir dann einen Beweis dafür, dass er hundert Prozent hetero ist?»

«Na ja ... erstens glaube ich nicht, dass man solche Fragen mit Prozentrechnungen beantworten kann, Maman. Und davon abgesehen ist mein Thema die Geschichte eines Jungen, der unter dem Vorwand, dass er in einem Moment geboren wurde, in dem sexuelle Tabus fielen, mit einer sexuellen Identität etikettiert wurde, noch bevor er überhaupt so weit war, selbst irgendeine Sexualität entdecken zu können. Und übrigens, der Beweis, wie du es ausdrückst, ist, dass er sich in eine Frau verlieben kann!»

«Ja, na ja, das ist der Aussteiger-Schwule, aber was heißt das konkret?»

Und da habe ich alles verstanden! Ich habe meine Mutter angeschaut und verstanden, dass es in Wirklichkeit sie ist, die Angst hat, Angst, dass ich eine andere Frau als sie lieben könnte.

Und es ist mir total absurd vorgekommen, dass sie diese Angst entwickeln konnte.

Und ich würde ihr gern sagen, dass ich sie immer geliebt habe, dass ich sie immer unheimlich schön, rührend, intelligent und lustig gefunden habe und dass ich vor Amandine niemals eine Frau so sehr geliebt habe wie sie! Und dass meine Liebe zu Amandine überhaupt nichts daran ändert, dass ich sie liebe.

Und ich würde ihr gern sagen, dass ich meine große Liebe zu den Frauen unterm Strich ihr zu verdanken habe, genauso wie es ihr Verdienst ist, dass ich gelernt habe, den Frauen zuzuhören und ihnen meine Aufmerksamkeit zu widmen.

Ich würde ihr gern sagen, dass es ihre Zurückhaltung war, die mir Worte verliehen hat, ihr Humor, der mir Lust darauf gemacht hat, andere zum Lachen zu bringen, ihre Eleganz, die mich Haltung gelehrt hat, und ihre Forschheit, die mir Mut einflößte.

Ich würde ihr gern sagen, dass ich es ihr verdanke, überhaupt auf der Welt zu sein ... und dass ... dass ...

Aber das kann ich nicht, denn wenn ich ihr all das sage, fange ich an zu weinen ... und Jungs weinen nicht ...

Aber vor allem, wenn ich ihr das alles sagen würde, käme sie in Verlegenheit ... meine Mutter ist eben sehr schamhaft.

Und selbst, wenn sie mich manchmal «meine Süße» nennt, weiß sie, dass ich ein Mann bin. Das ist einfach so. Selbst wenn wir beide das Gegenteil vorgegeben haben, weil es uns allen beiden sehr gut in den Kram gepasst hat – ihr, damit sie eine Tochter hat, und mir, um mich von meinen Brüdern zu unterscheiden ... um mich hervorzuheben!

Aber das ist jetzt alles vorbei! Es ist vorbei, weil ich Amandine liebe und weil Amandine mich liebt. Und das sage ich ihr.

«Du willst einen Beweis, Maman? Weißt du, es trifft sich gut, dass du danach fragst, weil die zweite Sache, die ich dir ankündigen wollte, ist, dass Amandine und ich beschlossen haben zu heiraten.»

«Und wen?»

Der Autor bedankt sich ganz besonders bei
Claude Mathieu sowie Mareine und Olivier Meyer
für ihre Hilfe und Unterstützung.

Das Zitat aus Molières *Menschenfeind* stammt aus: *Der Menschenfeind*, Akt 5, 1. Aufzug, in: Molière, Meisterwerke, Stuttgart 1921, J. G. Cotta'sche Buchhandlung, übersetzt von Ludwig Fulda.

KINDLER

Eine Liebeserklärung an die Phantasie

Nell war als Baby so süß, dass die Nachbarschaft Schlange stand, um Nells großen Zeh in den Tee zu tunken. So jedenfalls erzählt es Valerie, Nells Mutter. Nell bringen die absurden Geschichten ihrer Mutter zur Weißglut. So gerne möchte sie erfahren, was wirklich geschah. Als Valerie schwer erkrankt, versucht Nell ein letztes Mal, ihrer Mutter die Wahrheit über ihre Kindheit zu entlocken. Doch was Nell bei ihrer Spurensuche entdeckt, hat rein gar nichts mit Valeries charmanten Geschichten zu tun ...

ISBN 978-3-463-40635-0

MIX
Papier aus verantwortungsvollen Quellen
FSC® C083411

Das für dieses Buch verwendete FSC®-zertifizierte Papier
Holmen Book Cream liefert Holmen, Schweden.